华文童诗 001

○ 主编 雪野

诗语

适逢芒种，和重庆出版社的同仁，一起去拜访张继楼先生，他居住在重庆巴南区的儿子家。他对我说："我98岁了！"比画的手指，坚定有力，握手的感觉也是这般。重庆能成为我国的"儿歌重镇"，这位"中国儿歌大王"功勋卓著。得知《华文童诗》要创刊，欣喜之情写在脸上，就着客厅的茶几，他握笔立马写下"华文童诗世界惊"一句。在反复的吟咏声中，笔端流出第二第三第四句。年近百岁，尚见这般诗思，功夫了得。

持着这份贺礼，如同前行的队伍有了旗帜，诗稿便列队成方阵。

"诗人"的位子留给张继楼先生，诗后特地选了多年前谭旭东写就的"坚进"的评论文章；"诗海"方阵，聚焦中青年诗人的创作现状，海峡两岸的诗人都拿出了新作、力作；"诗芽"方阵最大，呈现的是华文世界诗教的成果，满眼"活泼泼"的诗境；"诗界"是为异国他乡用华文写作的朋友支起的圆桌，本期围坐的是来自马来西亚的大小朋友；最新的创作与教学理论，应该给予相当的关注，"诗教""诗论"的版面接近全书的四分之一，编者的意图期待同行们了解。

一卷在手，读者尽可领略华文世界、童诗花园之繁盛，尚有许多事儿可干。创作者、研究者、诗教者、阅读推广者，都是一滴滴水，汇聚、融于"母语"这条河。一滴水是一支歌，奔涌的河流是一篇乐章。华文童诗这首歌，已经唱响。

目录

《华文童诗》编委会

主 编
雪 野

编 委
丁 云　刘雅琳
吴素明　林乃聪
罗美晨　慈 琪
薛 风

特约编委
卢 静　庄丽如
刘 慧　李 茜
张 华　宋文化
吴金桃　杨 健
郁旭峰　周其星
蔡晏瑜

诗人　　　　　　　　　　　　　　/01

张继楼的童诗和童谣
求新求美的坚进气概
　　——张继楼儿童诗述评　谭旭东

诗海　　　　　　　　　　　　　　/09

林世仁　李德民　张思维　津 渡　钟奇兰　卢 静
子 鱼　曾令振　林乃聪　李 茜　罗美晨　十 画
吕改秀　王巧巧　鄢艳娥　李冬丽　霍艳茹　施佩妍
段永祥　山 叶　李海生　吴 撇　闫海洋

诗芽　　　　　　　　　　　　　　/25

徐子衿　朱晨旭　张本轩　王梓涵　杨昌远　颜 帅
黄清扬　高瑞杰　陈 语　刘凤锦　车瑞莹　董婧雯
豆 豆　牛彬权　陶姿好　干正远　胡竣惜　施振南
葛浩楚　苗浥橙　刘婧好　冯守程　陈孝佑　周 铭
薛浩霖　谢欣怡　余泽昊　毛书颜　王黄昕澜
王艺涵　刘润生　姚筱语　盛依沈　施允泰　杨 璟
李艳婷　龚欣瑶　叶思诚　鲁诗语　文金海　张洪畅
崔竞伊　苏墨琰　蒋璐阳　陈俊豪　张 凯　赖晓枫
汪净好　黄佳琦　李佳钰　朱烨晟　黄文静　梁沛榆
夏静怡　胡佳瑶　宋梓涵　徐希雯　盛裕航　张伊甯
郑杰航　赵若茗　谢秋雨　张晗雨　许 原　姬 俪

编辑：
《华文童诗》编辑部

地址：
浙江省宁海县力洋镇连科路85号

邮编：
315602

邮箱：
hwts2024@126.com

出版：
重庆出版社

地址：
重庆市南岸区南滨路162号1幢

邮编：
400061

贾芯瑞　许诗梦　钱厚润　江鑫豪　成依璐　胡景涵
邱　雯　郑悦潼　陈凯铭　邓阳逸　李俊灵　何思霖
汪子厚　贺芷涵　罗　睿　江沐雨　袁鹿栖　袁　畅
刘心瑜

诗界 /50

刘雅琳　刘育龙　胡友平　张煦弘（学生）

诗社 /52

浙江省宁海县力洋镇中心小学　　子布童诗社
福建省泉州市温陵书院　　小树林童诗社
湖北省十堰市鹿鸣童诗空间　　武当少年童诗社
广东省深圳市光明区公明二小　　小蜜蜂童诗社

诗教 /60

他用诗句，擦亮自己的星空　　余平辉

诗论 /68

时而园丁，时而花朵
　　——丁云《天上的和地上的》赏读　　童　子
寻找一首属于你的诗　　丁　云

/诗人/

/张继楼的童诗和童谣

溪边

垂柳把溪水当作梳妆的镜子，
山溪像绿玉带一样平静。
人影给溪水染绿了，
钓竿上立着一只红蜻蜓。
忽然扑腾一声人影碎了，
草地上蹦跳着鱼儿和笑声。

花前

目光一次次从花上移到纸上。
心里早画下花儿的模样。
一支蜡笔在纸上轻轻滑动，
一朵鲜花在纸上慢慢开放；
一只蜜蜂绕着画纸飞了一圈，
它好像已闻到花儿的清香。

林中

松树刚洗过澡一身清清爽爽，
松针上一串串雨珠明明亮亮。
小蘑菇钻出泥土戴一顶斗笠，
像一朵朵山花在树下开放。
是谁一声欢叫把雨珠抖落，
只见松林里一个个斗笠
　　像蘑菇一样。

树下

黄桷树撑开一柄翠绿的伞，
一群白鸽在浓荫中飞翔。
阳光从叶缝间悄悄地看，
千百只眼睛织成一张光的网。
仿佛老树也变得年轻了，
一次次鼓着绿色的手掌。

江上

像刚下水的鸭群，
扇动翅膀拍水戏耍。

一双双小手拨动着浪花,
你拨我溅笑哈哈。
是哪个"水葫芦"一下钻入水中,
出水时只见一阵水花两排银牙。

苍蝇找朋友

苍蝇洗洗脸,
苍蝇梳梳头,
哼着小曲出门找朋友:
"嘤嘤嘤,嘤嘤嘤,
我是勤劳的小蜜蜂,
谁来跟我做朋友?"

蚂蚁说:
"蜜蜂身上花蜜香,
你的身上脏又臭,
谁愿跟你做朋友!"
苍蝇红了脸,
连忙就飞走。

蚱蜢

小蚱蜢,
学跳高,
一跳跳上狗尾草。

腿一弹,
脚一跷:
"哪个有我跳得高。"

草一摇,
摔一跤,
头上跌个大青包。

共伞

风来了,雨来了,
幼儿园里放学了。

"看一看,谁来了?"
"妈妈撑着伞来了。"

走出门,回头瞧,
屋檐下站着张小宝。

招招手,笑一笑,
伞下多了一双脚。

一二、一二齐步走,
踏着水花回家了。

/ 诗人 /

求新求美的坚进气概
——张继楼儿童诗述评

谭旭东

当代儿童诗已历经半个世纪的风风雨雨，在这半个世纪充满变化的时空里，一批儿童诗的执着者却始终怀着虔诚怀着热情怀着真心在默默地耕耘着、求索着。他们不问名利，像飞蛾扑火一样为追求光明而敢于向前振翅，或像夸父追日一样为了赶上前方的太阳而敢于冒生命被毁灭的危险。这批令人起敬的诗人，有北京的金近、金波、聪聪，上海的圣野、鲁兵等等，还有重庆的张继楼，他在巴山蜀水之间，用爱心与痴情将一朵朵儿童文学的微火点成了一堆熊熊火焰。

广州的儿童文学作家、学者班马先生在大量阅读张继楼的作品并与之会晤后，撰写了《一花一世界》一文，惊呼张继楼为"文学传教士"。张继楼对文学的痴迷乃至狂热，确像烈火一样炙烤着一颗青春的心。在物欲横流、许多人奔向"孔方兄"之家朝圣的路上，谁还会用清亮的目光用童贞的心去触及路边青青小草去观照那些平凡但真实的生命？张继楼走过了70余个春秋，他的每一个日子，他的每一滴汗水，似乎注定耕耘于儿童文学这片园地。他是园丁（我们总是习惯性且不免俗气地称那些为他人奉献的人为"园丁"），他培养了多少儿童文学之苗之花之树，人们并不完全知道。但笔者读过许多儿童文学评论家、诗人、作家的作品，王泉根教授称他为"大西南卓荦的歌孩"，彭斯远教

授说他是四川"为数不多的专业儿童诗作者",汪习麟说他是"全国少年儿童们所熟悉、所喜爱的诗人",徐国志说他"像一头拓荒牛,在儿童文学的园地里艰辛地耕耘着"。黄明超说:"在中国,人们一论及儿童文学的发展,就会提到张继楼。张继楼不仅是一位出色的儿童文学活动家、宣传家,还是我国儿童文学界一位有影响的儿童文学作家、一位卓有成就的儿童诗人。"穆仁先生也感叹道:"一个新的儿歌作者,一生能写出这样的几首儿歌来,就是一个难得的贡献了。可惜这样的儿歌著者不多见,在我的印象中,张继楼是其中之一。"……谈起张继楼的儿童诗创作,许多人都是满怀钦佩之情的,因为张继楼的创作在中国当代儿童文学史上的确是值得大书特书的。

本文不可能完全像史书一样去追踪张继楼的生平和创作过程,用写实的笔调去述说一个历史人物的每一个惊人的脚步。但为了更好地考察张继楼对于儿童诗倾注的几乎毕生的心血,这里有必要粗略地展现一下诗人的独特经历。因为诗人与作家的人生经验本身就是丰富的素材宝库,在一个"经验+智慧"型的诗人和作家的眼里,人生永远是一笔高利息的存款,它会不断地增值,成为一笔巨大的财富。

张继楼原是在江苏省宜兴县一个颇为偏僻的村庄里出生,那是1926年7月7日。儿童时代的他是不幸的,因为那是个苦难的年代,因为作为"遗腹子"的他并未享受过真正的父爱。但他也是幸福的,勤劳、善良、知书达礼的母亲一边抚育他,一边教会了他许多苏南儿歌,在他幼小的心灵中,种下了诗的种子。

张继楼似乎也天生是早慧的孩子,小学五年级就考取初中,20岁时就考上了上海美专西画系。若不是家贫难以承担高额的学费,他也许会成为新中国的第一代画家。但生活给予他苦难的同时,也给予了他另一种机会。在上海小学从教的他开始了写作生涯。上海解放后,他满怀着激情参加了"西南服务团的文艺队",跟随解放大西南的大部队奔向了山城重庆。从此,他的一生都与这座历史名城结下了不解之缘。他的生命之根深深地扎进了这片神奇的土地,他的诗歌大树开始在那独特的巴蜀文化的氤氲中开花结果了。

1959年至1964年这六年，是张继楼儿童诗创作的第一个丰收期。《母鸡和耗子》《营帐边有一条小河》《唱个歌儿给外婆听》《城市的大街上》《夏天到来虫虫飞》《彩色的童年》《在农村的田野上》等七部童话诗、儿童自由诗、儿歌、短诗集相继出版了。年轻的张继楼的才气与勤奋开始让人赞叹。这七部诗集，有诗人对新中国成立后祖国的城市乡村发生的巨大变化的把握，也有对新一代少年儿童的实际生活与思想发展的捕捉，还有对自然界的花草虫鱼的赞美。可以说，这一时期，张继楼的儿童诗的基调是激越的，主题是健康的，情感是丰富的明朗的，他以传统的笔墨，为少儿读者构筑了一个绚丽多彩的世界，将生活的芬芳及时地传送给了幼小的心灵。

《聚宝盆》是一首紧密结合当时的现实生活的诗作：

小喜鹊，/尾巴翘，/张家哥哥娶嫂嫂。/不骑马，/不坐轿，/大大方方走来了。/头上戴朵路边花，/身上穿件家常袄。/不带柜，/不带箱，/一对粪筐当嫁妆。/早捡金，/晚捡银，/粪筐就是聚宝盆。

农村合作化时期的新气象和劳动人民对勤劳苦干精神的追求，跃然纸上。这首诗是诗人年青时期朴素思想意识的反映，也是难得的历史的见证，是特定时代的镜子。窥一斑而知全貌，这首小诗将人们带回到过去那沸沸腾腾的时代。这样的诗，没有口号，没有强加的观念，出自内心的真情和对现实的朴素的勾勒，构筑了诗歌难以消融的美。

《蚱蜢》一诗是张继楼这一时期的扛鼎之作，这首仅八行的小诗，足以奠定张继楼作为儿歌大师的地位：

小蚱蜢，/学跳高，/一跳跳上狗尾草。//腿一弹，/脚一跷："哪个有我跳得高。"//草一摇，摔一跤，/头上跌个大青包。

这首诗不仅将小蚱蜢这一昆虫的特点活泼地表现出来，而且也以艺术形象的寓言传达了一种对孩子做人的教益。它是童话诗、抒情诗、哲理诗与科学诗

相融合的结晶,是融艺术于生活于人生的儿歌经典。它不刻意追求某种重大的社会主题,不为了反映时代而故意雕琢,它不仅适合过去的儿童朗诵,也适合将来的孩子学习。这样的诗是不会因为时间的流逝而失去艺术魅力的。

《蚊子》一诗也是这一时期的经典:

蚊子当医生,/出门去打针。/打的什么针?/打的吸血针。/给你一巴掌,/叫你医生当不成。

生活趣味的表达在许多儿童诗作者那里似乎并没有这么流畅自然,童话色彩似乎在张继楼的笔下一点也不生硬。稚气的语言+拟人的手法≠儿童诗的童趣。儿童诗的"童"味是童心的流露。我很赞成一位诗友的话:"某种意义上,儿童诗更接近诗的本质。"是的,真正的儿童诗里那像早晨的草尖上滚动的露珠一样的童心与真爱,难道不是最令人怦然心动的吗?张继楼在新中国成立后的第一创作阶段的诸多儿童诗正是具备了令人"灵魂震颤"的诗的本质的。正是因此,读者是不会忘记他笔下的"像支手电筒"一样的"萤火虫",在"山后和我躲迷藏"的"月亮"、走街街"陪奶奶""去买菜"的"小乖乖"等一系列可爱的形象的。

新时期,是张继楼儿童诗创作的第二个丰收期。这期间,先后出版了《万里长江唱颂歌》《猪八戒学本领》《给孩子们的诗》《大的给谁》《猪八戒吃西瓜》《猪八戒回家》《猪八戒探山》《种子坐飞机》《珍奇的动物》《东家西家蒸馍馍》《小蚱蜢》《娃娃玩玩唱唱》《张继楼儿歌》《会唱歌的洒水车》等诗集和诗配画集。这一时期的张继楼已历经十年浩劫由青年走向老年,更丰富的生活体验使他的艺术日臻成熟。敢于直面人生,拥抱生活的现实主义精神在他的诗行中得以更加张扬,"中国知识分子经世致用、忧国忧民的积极入世的精神和文化传统"在他的身上得以更加显现。

先来读一读《共伞》:

风来了,雨来了,/幼儿园里放学了。//"看一看,谁来了?"/

"妈妈撑着伞来了。"//走出门，回头瞧，/屋檐下站着张小宝。//招招手，笑一笑，/伞下多了一双脚。//一二、一二齐步走，/踏着水花回家了。

一代新人的形象展现在读者面前，使读者看到了新时代的希望。还有《一张图画占垛墙》也让人们看到了祖国美好的未来：

天天盼，夜夜望，/盼望大桥跨过江。/今天大桥通车了，/要给大桥画张像。//江面宽，大桥长，/一眼望去几里长，/小小画册画不下，/急得心里直发慌。//你也想，我也想，/人多想出好主张，/一人只画一孔桥，/接在一起长又长。/桥也长，画也长，/一张图画占垛墙。

这种语言稍显直白，立意给人"传统"印象的儿歌，事实上正体现了诗人高妙的匠心：小孩子给大桥画张像实际上表现的正是一个时代的寓言，诗人以哲人般的智慧预测了一种不可估量的力量的到来，因为人们从中已领悟到小孩子给大桥画像不正是新一代给祖国的未来勾画蓝图吗？

我们不能简单地对写儿歌的诗人都用"传统"这个词来表达实际上带着某种遗憾的赞赏。儿歌，是写给幼儿读的，背的，幼儿需要感性的语言，需要感性的形象，需要诗跳动着动人的旋律，需要诗调动幼儿的听觉敏感，有时还需要调动他们的视觉、味觉、嗅觉，使他们在明朗的节奏中得到美的熏陶。儿歌是容不得自由化、散文化的，儿歌是容不得朦胧化、晦涩化的。我很敬佩张继楼对传统的固守，他固守了儿歌的形式与内容相结合的最佳点，他固守了儿歌所担负的不可忽视的教育责任。一个艺术家，特别是一个在母土深厚的文化蕴蓄里得到彻底洗礼的诗人，是不可能放弃他作为"爱的播种者"和"文明传承人"的角色的。

试看九十年代张继楼发表的几首儿童诗吧。

《雪花》一诗里，他对美的事物的呵护与爱怜是多么感动人心：

> 小雪花，/爱跳舞，/千朵万朵盖满路，/飘到脸上痒酥酥，/飘到手里变成颗颗小珍珠。

在《小露珠》里，他对美的事物的爱同样执着：

> 小露珠，/早早起，/青草地上做游戏，/个个身穿七彩衣，/一闪一闪真美丽。

而在《苍蝇找朋友》一诗里，又可发现诗人对丑恶的憎恶是多么强烈：

> 苍蝇洗洗脸，/苍蝇梳梳头，/哼着小曲出门找朋友：/"嘤嘤嘤，嘤嘤嘤，/我是勤劳的小蜜蜂，/谁来跟我做朋友？"//蚂蚁说：/"蜜蜂身上花蜜香，/你的身上脏又臭，/谁愿跟你做朋友！"/苍蝇红了脸，/连忙就飞走。

同样是童话式的结构，但诗人心中那犀利的分辨力，使短短的诗行变成了黄钟大吕。

新时期张继楼的诗不但多了一分力度，而且多了几分变化的美。题材在不断扩展，从对自然小生灵的歌唱，到对孩子生活的思考到对社会变化的反映，都显示了诗人艺术触觉的敏锐。题材的拓展自然也带来了内容的不断更新，新生事物不断入诗，使张继楼的诗内容上又多了一分现代气息。大街、高楼、交通灯、电车、洒水车、火车等具有都市生活韵味的意象和溪边、树下、江上、鸭群、小蘑菇、海螺、小鹿、竹林、熊猫等带着自然的清香和田园色彩的意象在读者心中形成了一种颇为强烈的审美情趣的对比与反差，人们从他的诗歌里，不断品味出他求新求美的坚进气概。

无可置疑，张继楼在朝着新世纪前进的同时，正在酝酿着第三个丰收期。信息革命与电子技术以及网络时代的到来，不知会给这位老诗人什么样的启迪与灵感？我们期待着他写下诸多更美的篇章，为中国新世纪的儿童诗添上辉煌的一页。

原载《涪陵师范学院学报》2002 年 3 月第 18 卷第 2 期

/ 诗海 /

/ 童诗四首
林世仁　中国台湾

蝉雨

蝉声是一场雨，
落在耳朵里。

我的小脑袋瓜里，
满满都是绿色的
闪着光
跳着舞
一波又一波
手牵手的
山的回音。

落花

准备好了吗？

好紧张啊！
第一次，
也是最后一次呢！

大地妈妈，
您准备好了吗？

我要去亲您喽——
"啵！"

雨

天空的小邮差，
不坐飞机，
不拉降落伞，
就从那么高的天空
勇敢跳下来——

滴滴答！
滴滴答！
滴滴！答答……

把天空的味道

限时快递

送到我的小手心！

数数

数数！数数！怎么数？

你看——

蜻蜓点水：一下、两下、三下……

蝴蝶数花：一朵、两朵、三朵……

风数落叶：一片、两片、三片……

雨滴数数：一个涟漪、两个涟漪、三个涟漪……

飞机数数：一座城市、两座城市、三座城市……

圣诞老公公数数：一个乖小孩、两个乖小孩、三个乖小孩……

蜉蝣数数：一秒钟、两秒钟、三秒钟……

神木数数：一甲子、两甲子、三甲子……

上帝数数：一颗星球、两颗星球、三颗星球……

我数妈妈：一个抱抱、两个抱抱、三个抱抱……

妈妈数我：一个亲亲、两个亲亲、三个亲亲……

数数！数数！怎么数？

你看——

世界在等你

等你来数数！

/童诗四首
李德民　安徽宿州

宇宙

其实，小小的橘子
就是浓缩的宇宙

挂在枝头上
金黄色的橘子
是太阳
有太阳就会有月亮
月亮躲在太阳后面
剥开橘子皮就能看到
月牙样的橘瓣
一枚紧挨着一枚
围成了一个圆圆的月亮

星星都到哪里去了？
告诉你吧，星星
被月光淹没了
淹没成橘肉中的
一粒粒橘核

真的，小小的橘子
就是浓缩的宇宙

橘子码头

夕阳一样颜色的橘子
是一个小小的
避风的码头
小船一样的橘瓣
一只紧挨着一只
泊靠在里面

橘子的码头里
已没有了多余的空间
还剩下一只小船
在夜空中飘着
飘成了月牙

星星结的果

星星是一种小花
夜里开
黎明谢

星星花结的果
圆圆的，透亮着

风一吹
纷纷掉落
落满了草地、树丛
人们叫它露珠

草地上
我想捡一颗尝尝
我的手指刚碰到
它就破了
哦，星星结出的露珠
是一种皮薄多汁的浆果

虫子的演唱会

天黑之后
草丛中的虫子演唱晚会
开始了

唧唧、唧唧
虫子开口唱了起来
唱了一首又一首
花花草草都听迷了
有时候还沙沙跟着唱

现在，虫子不唱了
唱了这么多的歌
它的嗓子有些干
要喝几口露水润一润
对了，广告一下
每晚的露水都是夜空赞助的

喝罢了露水
虫子又开始唱了起来
嗓音还是那么圆润
那么动听

/ 雪

张思维　陕西西安

下雪了
雪花四处飘走
不是雪花没有家
而是像人一样
到了新的地方
也会找不到方向

跳过小坝子的蝌蚪
（外二首）
津渡　上海

不知道蝌蚪们要不要上课
念不念a，o，e
坝子里，那么多根水草
也要不要
认真数一数

不知道今天晚上
蝌蚪们，默不默写生字
看不看动画
明天早上，会不会
又挨老师的罚

唉呀，水流漫过小坝子啦
小蝌蚪们，一个
一个，跳下去
也不知道它们的妈妈
生不生气：啥时候才能回家

另一只袜子到哪里去了

是这只，不是那只
是那只，不是这只

反正，有一只
在阳台上，走丢了

是风，要戴上一只手套吗
是雪，要围上一条围巾吗

不，不，风雪多么冷
比不上我的暖脚丫

是小耗子借去当被子了吗
还是圣诞爷爷借去做百宝箱了

不，不，没有它的好朋友
一个儿，它怎么走天涯

声音

声音有一双轻快的脚
无论是多大
还是多小

只要你喊出去
很快就会不见踪影

只有一次

我对着大山喊

"你好吗——你好！"

它们很快回来了

"你好吗——你好！"

/ 甜蜜的负担
钟奇兰　江西于都

蜗牛宝宝总喜欢

黏着蜗牛妈妈

每次外出

总是争着抢着

赖上妈妈背

蜗牛妈妈只好

左边驮一个

右边驮一个

路过的蜗牛问

当妈妈累吗

蜗牛妈妈说

累

但快乐着

/ 等（外一首）
卢静　重庆璧山

星期一

阴

小草靠着墙脚

天气预报说

五天后

晴

牵挂

风去过好多地方

最喜欢

回到大树身边

你看

它正用一路上的故事

把大树逗得

咯咯咯地笑

/ 诗海 /

太平洋组曲
子鱼　中国台湾

往花莲的海岸线上

这鲸的背脊是一条蓝

泅泳在太平洋

时而由北朝南　黑潮的方向

时而由南往北　季风的方向

普悠玛号从宜兰出来

一路骑在鲸背上

想象我在骑鲸

在太平洋的星际里

映衬月光铺成的道场

左边是海　右边是山

过了太鲁阁

不远处是　花莲

如果风雨来

便往风雨去

鲣鱼挑起的渔场

蓝色的网

捕捉深情的七星潭

惊见龟山岛

打着瞌睡的火车一驶出隧道

轰然被一只冒失的龟山岛

惊醒

这一惊不得了

天空蓝了

大海也蓝了

龟山岛目视火车远去

才慢慢转身游走

它已经游了几千万几百万年

却总是被黑潮带回来

月圆的时候

大潮淹没它的尾巴

日出的时候

太平洋在东边召唤

满月圆的海

晚上　我在看海

海深邃如墨

我生怕这墨扑到身上

那一波波的浪

拍打着海岸

海在颤抖

我在看海

忽然，满月圆从东方露脸

一露脸就是微笑

铺满海面的月光

让一波波的浪化作笑容

我在看海

鱼在海的笑容里

船在海的笑容里

满月圆的月光

笑容扑到我的身上

满月圆的海

/ 画意
曾令振　广东东莞

桃花吐了一口泡泡

果园就飘满了彩云

梅花坐下来

地面一片白雪

/ 蜗牛和寄居蟹(外二首)
林乃聪　浙江温州

岩壁上

蜗牛和寄居蟹偶然相遇

他们都为对方身上的房子

而停下匆匆的脚步

对望很短暂

他们都读懂了对方

蜗牛继续他的旅行

但日记上记录

寄居蟹为寻找新房子的不懈努力

寄居蟹快步地离开

但脑海里刻下了

蜗牛为寻找新景点的不懈追求

也许他们今后无法相见

蜗牛慢悠悠走在陆地上

寄居蟹快步爬行在滩涂上

想念不在双方的快与慢

不在彼此间的距离遥远

不在对方是不是同类伙伴
只要付出共同的努力与追求
来把各自的目标实现
他们就互相想念

爱睡懒觉的虫子

做一条虫子
不能起得太早
因为梦还没有做完
因为觉还没有睡透
因为太阳还没有上山

做一条虫子
不能起得太早
因为路面还没有干
因为学校还没有开门
因为小鸟的眼睛还盯着路面
……

涨潮·退潮

上层的海水
每天被渔船开过来开过去
皮肤很受伤

下层的海水
很黑暗，几乎看不到光线
视力一直在下降

中层的海水
上面压着，下面顶着
难受得无法表达

还是大海妈妈有办法
每天进行涨潮和退潮
让水孩子进入不同层次体验

/ 糖葫芦
李茜　河南郑州

卖糖葫芦的老爷爷
站在街头
路过的小孩儿
就走不动了
一声声叫卖
是一只只小虫子
咬得小孩儿的心里
痒痒的

/ 睡意（外三首）
罗美晨　浙江宁波

睡意就像一只小猫咪
如果我闭着眼睛不说话
它就会慢慢靠近
只要我一动啊
它就跑得没影儿

春天是一条河流

春天是一条河流
从树上流到树下
从这朵花流到那朵花

晴天
这条河闪着金光
从山上流到山下

雨天
春天就成了一条条瀑布
红的　紫的　黄的
从绿色的山林间流下

蓝裙子

今天的天空很蓝
我扯了一块
做连衣裙

裙子太大
我拾起一条山路
当腰带

走到海边
我又挑了几颗贝壳
做纽扣

我很喜欢这条蓝裙子
它不用针
也不用线

导游

风儿们
摇着一面面
落叶旗
把秋天带到
世界各地

春天的第一首诗（外二首）

十画　四川成都

我可不敢说

——我要把整个春天送给你

先说说蜜蜂和蜜

如果把一整个春天的蜂蜜

都送给你

你会被甜晕的

再说说漫山遍野的花骨朵

如果把一整个春天的花骨朵

　　都送给你

它们会把我喜欢小熊我喜欢小松鼠

和我喜欢你的秘密

说得全宇宙都听到

最后说一说那些嫩芽

如果把一整个春天的嫩芽都送给你

它们会把漫长的冬天里

生长的苦痛都传染给你

所以我只敢说

——我把春天里采到的第一缕风

　　送给你

你会听到很轻很轻的一句

春天快乐

积攒

存钱罐积攒很多钱

闹钟积攒很多时间

天空积攒很多云

我则积攒这个世界上

稀有的没心没肺的笑声

等到伤心的时候

就取出一点来用用

气象预报熊

小熊是森林里的

天气预报熊

但是他似乎什么都能预报

小松鼠请他预报的是

明天出太阳吗

蘑菇请他预报的是

明天下雨吗

蜜蜂请他预报的是

明天会有熊来偷蜜吗

小猪请他预报的是

明天我也一样快乐吗
如果你遇到了天气预报熊
你会请他预报什么呢
会不会是风的速度云的厚度
雨的深度星星闪烁的次数
以及我对你的喜欢呢

/ 红霞
吕改秀　甘肃泾川

太阳娃娃
有一双红鞋子

早晨
它把红鞋子放到
蓝色的大门口
再迈出一步步

傍晚
它把红鞋子
留在蓝色的大门外
再安心地睡觉

/ 落叶
王巧巧　浙江宁波

秋风来揉面，
一下，两下，
三下……

叶子面包
被太阳烤得
金黄。

每一片都
又酥又脆。

/ 下雪了
鄢艳娥　浙江温州

窗外
毛茸茸的雪花
挠得
屋里孩子的脚底
直痒痒

点和线（外一首）
李冬丽　河南舞钢

小鸟问树

你把颜料用光了

还怎么画画

树不慌不忙

有线条就够啦

鸟窝说

我是一个大大的点

小鸟说

我给你画会动的点

树和鸟

点和线

画出了冬天

散步

走过田野

走过小树林

我牵着月亮

一起散步

走过池塘

真好呀

我多了一个

湿漉漉的月亮

冬眠（外一首）
霍艳茹　河北保定

冬天的枝头

有些冷

叶子们

搬进干草丛

冬眠

春天一到

它们就会醒来

到原来的位子上

坐好

猜灯谜

秋天

大树缀满了金叶子

风儿摘走了

一片又一片

多像那年的元宵灯会

树上挂满了

长长短短的灯谜

谁先猜出来

谁就摘走一枚

/ 冬天的客人
施佩妍　福建莆田

梧桐叶变成蝴蝶之后

我家就要迎来一位客人

它乘坐深夜火车，远道而来

一出站，它就兴奋地"呼呼"着

把我的窗户敲得咯吱响

直到把我喊醒

妈妈让我穿上羽绒服去迎接它

但它实在太热情

搂着我又是抱又是亲

把我耳朵都蹭红啦

/ 炮仗花
段永祥　云南红河

斑驳的老墙，你可知道

整个冬天，我最羡慕的就是你了

风大不大，有没有霜

即便是在雨和雪攻城夺池后

你身上总是爬满阳光

红澄澄、金灿灿的花朵阳光

密密铺成春天先头部队的旗帜

披在你身上

老墙啊老墙

你可要挺平你的肩膀

让这些花，这些阳光挂得更多一些

才能够让它们伪装成春节的鞭炮

才能让春天悄悄潜入

你还要嘱咐歇脚的鸟雀儿

小心一点，管住它们的尖嘴

我担心稍微受到点惊吓

它们就会噼噼啪啪提前炸开

最重要的春节

还在慢慢来的路上

/童诗三首
山叶　浙江宁波

换牙的小男孩

换牙的小男孩

爱笑

露着一口缺牙

换牙的小男孩

说话漏风

但大家都听得懂

换牙的小男孩呀

心事重重

他总惦记着

罐子里的糖果

会不会融化

指甲花

她很会装扮

能把姐姐的指甲

涂成漂亮的粉紫色

她也很淘气

偷偷染红了

妹妹新买的白裙子

西瓜

是最乖的孩子

从黄黄的小花

到绿绿的圆球

从不乱跑

总是安静地待在藤蔓下

也是最内向的孩子

胖胖的身体里

有一肚子的甜蜜话

和数不清的

藏到快要发芽的

黑色小心思

/羡慕这件事
李海生　北京

看见别人穿了漂亮的衣服

好看的鞋子

梳了新发型
戴了新头饰
总会忍不住扭头多看几眼呀

只有妈妈每天送我上学这件事
我从来没有羡慕过别人

/ 风（外二首）
吴撇　福建泉州

大家都说
我是风一样的孩子

入伏那天
我搬了张小板凳
坐在了奶奶的
正对面

碎玻璃

我猫着腰，仔细察看
一地的碎玻璃
心想，到底是风心碎了
还是阳光心碎了

弟弟忍不住
拍拍我的肩膀说
这是，地上的星星

汗珠

我身体里的江河
想出来玩了

/ 苹果
闫海洋　河南睢县

秋天的苹果园
是一所学校
一棵树
就是一个班级
红苹果是女生
青苹果是男生
语文老师教它甜
数学老师教它酸

酸酸甜甜
都是好伙伴

诗芽

爸爸（外二首）
徐子衿　浙江宁波

我的爸爸
喜欢玩游戏
我的爸爸
喜欢耍赖皮
我的爸爸
赖床不肯起

我的爸爸只有三岁
可以过儿童节

雨季

雨落在荷叶上
生病的小鱼和青蛙
就来喝这雨做的药

小鱼和青蛙
反反复复生病

天就下了
一场又一场的雨

母亲节

我最爱妈妈
妈妈也最爱我
因为我曾经是
妈妈的一块肉肉

这首诗
我好几天前就想好了
就等今天说给妈妈听

彩云
朱晨旭　浙江宁波

天空的嘴唇干了
它向太阳
买了些彩色润唇膏
每天换着涂

/失眠
张本轩　广东东莞

失眠的
不只是我
还有墙上躺着的
那块钟

听吧
它正辗转反侧
难以入睡

/落叶
杨昌远　广东东莞

落叶也有小猫一样的爪子吧,
走起路来一点声音也没有。

落叶也喜欢沉默吧,
很少听见她说话。

落叶也有一颗柔软的心吧,
霜和她耳语几句,
就有了感动的泪花!

/西瓜
王梓涵　安徽萧县

西瓜
真像一只青蛙
圆圆鼓鼓的肚子

西瓜
是一只青蛙
有满肚子的蝌蚪呢

/稻子
颜帅　浙江温州

秋天到了
稻子参加考试
农民伯伯给它打100分
稻子
反而把头压得更低了

/蜈蚣开火车
黄清扬　浙江嘉兴

蜈蚣出门

就开着小火车

不要轨道　不用信号灯

也不会迷路

弯弯的小道不翻车

掉进陷阱

也能安安稳稳

开上来

/风儿吹吹
高瑞杰　山东潍坊

风儿吹吹，

叶儿飞飞。

黄邮票，红邮票，

邮走热热的夏，

邮来香香的秋。

/花的歌
陈语　江苏扬州

动听的音乐

牵着小熊的鼻子

来到花树旁

"原来是桂花

在这里开演唱会啊！"

/树
刘凤锦　山东临沂

一棵树

和另一棵树

并排站得笔直

谁也不理谁

就像认真听课的孩子

只要风儿一吹

哈哈

就像下课铃声一响

立刻扭在了一起

太阳（外一首）
车瑞莹　福建泉州

太阳气球升上了天
露水擦洗得十分明亮
天牵着它
就怕它飞没了

气球漏气
就落了下来
让晚风去重新吹大

心里的小阁楼

我心里有一座小阁楼
藏着珍贵的东西，比如
奇特的想法
透明的心情
闪光的灵感

后来，陆续放进了
多余的东西
杂物越堆越多
珍贵的事物
都被埋没了

调座位（外一首）
董婧雯　福建泉州

又到了星期一
老师调座位
问我们想跟谁坐
我没有和最好的苏诗坐
也没有和第二好的刘诗瑶坐
我选择和魏若琳坐
因为没有人要和她坐

我的行李箱

我把不开心
放进行李箱
过安检居然没被发现

到了远方
我把不开心丢掉
居然也没有污染大自然

/ 诗芽 /

/ 日子
豆豆　福建福州

太阳爸爸要工作
月亮妈妈忙着带小星星
一天就这样过去了

/ 耐心
牛彬权　广东深圳

我的耐心很多很多
做作业时
可以一小时才做一题
其他时间用来发呆
我的耐心很少很少
打游戏时
一秒钟都等不了

妈妈呢
一点耐心都没有
不管我做作业还是打游戏
都急得直跺脚

/ 春天花儿笑
陶姿妤　浙江金华

春天，
到处都是
微微笑的花儿，
哈哈笑的花儿。

我闻了闻，
花儿的笑声
都是香的！

/ 黑兔和白兔
干正远　浙江宁波

草地上，
黑兔和白兔相遇，
"我的名字叫黑夜。"
"我的名字叫白天。"
黑夜和白天
终于见面了。

/菊花的长发
胡竣惜　浙江宁波

我有一头长发
风说有点凌乱
雨说洗一次不方便

蜜蜂说喜欢
蝴蝶说喜欢
我就不怕乱
不怕麻烦

/牵影子的人
施振南　四川成都

星星跳舞的夜晚
我独自
走在狭长的小巷

影子
在星光下戏弄我
我去捉他

他跳开
我又去捉他
他又跳开
……

我们累得瘫坐在地上
这才发现
我是牵影子的人

/夜
葛浩楚　浙江宁波

夜深了，
家里成了一条大马路。
爷爷的鼾声就像大卡车，
轰隆隆，轰隆隆。
爸爸的鼾声就像小汽车，
嘟嘟嘟，嘟嘟嘟。

妈妈说：
你刚才的鼾声
像一辆小电驴，
突突突，突突突。

/丝瓜秋千
苗浥橙　浙江宁波

来来来
来玩丝瓜大秋千
蚂蚁抱着荡
蜗牛趴着荡
毛毛虫躺着荡

推秋千的风儿
慢慢停下来
你们的姿势
太不安全啦

/笋房子
冯守程　浙江宁波

天气一暖和
春天就忙碌起来
那么多的笋房子
都要破土动工啦

雨水和阳光是帮工
一幢幢笋房子
几天就盖了
几层楼

/棉花糖
刘婧妤　浙江金华

我买了一朵白云，
吃了一口，
就像飞上天去了。
因为我肚子里，
有一朵白云。

/两朵桃花
陈孝佑　浙江宁波

清晨
两朵桃花
互道早安
然后聊昨晚的梦
一直到
互道晚安

/桂花
周铭　浙江宁波

谁来了
风儿都会
摁动
桂花树香水瓶
喷几下

嗤嗤嗤
走过路过的
全成了小香人

/打喷嚏
薛浩霖　浙江宁波

门感觉好冷
"砰""砰""砰"
一直打喷嚏

害得小狗
一夜没睡着

/春日里的蓝天
谢欣怡　福建福州

雨下过后
溪水涨了
蓝色的天空掉下来

我们去看它
原来云朵也有
和我们一样的小脚

/出卖
余泽昊　福建泉州

遇事千万别紧张
眼神会出卖你
小动作会出卖你
泪水和冷汗
也会出卖你

我的天，你自己
是自己的叛徒

/ 诗芽 /

/ 花儿的早晨
毛书颜　浙江平湖

牵牛花的早晨，在早上四点
太阳初升时，花朵带着露水

睡莲的早晨，是在早上七点
我刚好背上书包去学校

茉莉的早晨，是下午三点
午后的太阳正倾斜

夜来香的早晨，是晚上八点
大家准备上床睡觉啦

花儿，花儿，你们的早晨
就是一个谜，让我摸不着头脑

/ 一片羽毛
王黄昕澜　浙江平湖

一片白白的羽毛
里面装着

一片海
一朵云
一片草地
一座山
还有满满的爱

我把它送给你
你就能遇见
海，草地，山，云和爱

/ 森林里
王艺涵　湖北十堰

森林里
青苔把石头
包成了饺子
旁边撒落着
许多的蘑菇
是准备放汤的吧

可惜　山泉水
还没有流过来
鲜美的水煮饺子
今天是吃不上了

33

/ 大家喜欢的课
刘润生　江西赣州

丁零零，

是你喜欢的ɑoe。

丁零零，

是我喜欢的二五一十。

丁零零，

是她喜欢的哆来咪发嗦。

丁零零，

是我们大家都喜欢的——预备！跑！

/ 鸟儿的旅行
姚筱语　浙江嘉兴

鸟儿

飞到树枝上

看着风景

鸟儿

飞到河边

看着风景

鸟儿

飞回窝里

看着风景

鸟儿

总是很安静

独来独往

/ 巨大的梦
盛依沈　浙江嘉兴

我的床很小

我的枕头很小

我的被子很小

我穿的睡衣很小

但我能做出巨大的梦

梦里有——

巨大的床

巨大的枕头

巨大的被子

还有巨大的睡衣

里边有我

小小的可爱的

/ 想念（外一首）
施允泰　浙江宁波

春天到了，

桃花开了。

树枝说：

"你终于来了，

我等了你一年。"

花朵说：

"我也在想你！"

换裙子

树枝送给小花苞

一条粉色的小包裙

花苞长大了

小包裙穿不了

就换上一条

白色的连衣裙

/ 瓜儿过大年
杨璟　浙江宁波

南瓜灯笼高高挂

冬瓜大鼓敲起来

丝瓜黄瓜苦瓜

跳起舞

西瓜也来凑热闹

瓜儿们的大年

原来在夏天

/ 彩虹
李艳婷　江西吉安

彩虹是彩色的

红橙黄绿青蓝紫

为什么没有黑色和白色呢

因为彩虹把它们

留给了

白天和黑夜

/ 西瓜味的暑假
龚欣瑶　四川成都

过暑假像吃西瓜

刚放假时

像切开圆滚滚的大西瓜

红艳艳的果汁

仿佛已经从我的嘴角流下

做作业时

像吐出黑色的西瓜籽

一粒又一粒总也吐不尽

玩耍时

像吃甜蜜蜜的西瓜瓤

甜到嘴里和心里

要结束时

就像吃到了西瓜皮

没有了什么味道

/ 蝴蝶（外一首）
叶思诚　广东东莞

风问蝴蝶：

你会写童话吗？

你有放假的日子？

你会回想小时候

做一条毛毛虫的心情吗？

蝴蝶根本不想这些事儿

它正忙着

从一张花蹦蹦床

跳到另一张花蹦蹦床

我是一盏灯

我一进家

奶奶的眼睛亮了

妈妈的眼睛亮了

爸爸的眼睛亮了

我（外一首）
鲁诗语　浙江温州

二分之一的糖

五分之一的花瓣

百分之二十九的开心果

和百分之一的眼泪

组成了我

我气味芳香

糖分最高

开心事很多

悲伤

只有一点点儿

动物园里的老虎

瘪瘪的麻袋

里面

装着骨头

有几块大骨头

让这麻袋

棱角分明

月亮长出了脚
文金海　江西吉安

到了晚上

月亮就长出了脚

一步一步地

踩着树枝

下楼梯

染
张洪畅　湖北十堰

美丽的凤仙花

开了一间染坊

飞过的风儿

都被染成彩色

黑黑的大蝴蝶飞来

对凤仙花说

你能把我黑乎乎的手脚

染成彩色的吗

/石头村*
崔竞伊　陕西榆林

这里的房子
一叠
一叠
全是石头

这里的老奶奶的脸
一叠
一叠
全是细纹

这个村子
皱巴巴的

*石头村在浙江省宁海县茶院乡

/傍晚的雨
苏墨琰　河北石家庄

太阳刚掉下山岗
雨水就拼命地浇
恐怕山岗着火了

/冬瓜虾皮汤
蒋璐阳　浙江宁波

别看冬瓜又粗又壮
和虾皮汤在一起
就是个软妹子
白白嫩嫩
又香香糯糯的

/蝴蝶
陈俊豪　湖北十堰

花朵要看蝴蝶跳舞
蝴蝶很耐心地
跳了一圈又一圈

水里的鱼儿眼馋啦
蝴蝶把影子放进水里
跳了一圈又一圈

会分身术的蝴蝶
让观众都满足了

/梦想
张凯　浙江宁波

让花晃起来

让草摇起来

让树摆起来

……

风最大的梦想

就是

让全世界

都运动起来

/晒
赖晓枫　广东东莞

银耳去旅行

回来变成了木耳

这下长记性了吧

出去玩

记得要搽防晒霜哦

/大自然造型师
汪净妤　湖北十堰

没见过那位造型师

它的年纪有多大

可我知道

它的想象很奇特

它的手法很高明

它给那朵花

设计成鸡冠

它给那朵花

设计成蝴蝶

它给那么多的菊花

设计了几百个发型

到秋天冬天

它很累

就给树设计了

简单的光头造型

/田中蛙儿
黄佳琦　湖北黄冈

夜色深了
家家户户关了灯
早早地睡下
我一人坐在床上
细细听田中蛙儿
派对时的喜悦

/鱼腥草
李佳钰　湖北十堰

它的叶子
是爱心形的
晒干了
也是爱心形的

爱
是晒不干的

/孵蛋（外一首）
朱烨晟　浙江宁波

软软的云朵鸟巢里
一只太阳蛋
正在孵化

不一会儿
一只只阳光小鸟
飞向了大地

是老师也是学生

水是石头的老师
教会石头
藏起棱角
磨得光滑

石头是水的老师
教会水
转变想法
绕道行走

石头和水
是老师也是学生

/花说
黄文静　湖北十堰

看见蜜蜂

我就绽开笑脸

看见暴雨

我就愁眉苦脸

这就是我

一个会变脸的我

/寒露
梁沛榆　广东东莞

寒露刚上岗不久

就被霜降淘汰

寒露请立冬

来评理

立冬穿起白大衣

一本正经地说：

你们都休息吧

该我上岗啦

/可怜的太阳
夏静怡　湖北十堰

套着青苔的石头

大声喊着

我太热了

光着膀子的石头

抱着自己

好冷好冷

可怜的太阳

在云层间

出出进进

/霜
胡佳瑶　甘肃泾川

深秋的早晨

我看见

小草

用白毛巾

擦脸呢

/湖面
宋梓涵　湖北十堰

蜻蜓飞过来，
看见风
在推荷花。

风在喊：
"用力一点，
用力一点。"

"你不怕把腰
弄伤了？"
"我要看自己
美丽的倒影呢！"

/桂花姑娘
盛裕航　湖北十堰

桂花姑娘
喜欢挽着风
到处散步

身上的香水
跟着身影
到处散布

我们会在树下、林荫道上
看到她们成群坐着
说金色的话语

/笑
徐希雯　广东东莞

笑，大家都会
但生气的时候
总会忘了
怎么开启

/风
张伊甯　浙江宁波

小个子风
在我家电扇里
我摁下开关
它们就排着队
一路小跑出来

/深秋的山林
郑杰航　湖北十堰

红红的山林
把山溪水染红

红枫蜡烛
在金色的银杏丛林里
点个火苗

冬天就要来了
提前把大山的心
焐得暖暖

/花瓣
赵若茗　浙江宁波

蜜蜂给花朵敲背
可能太用力了
把桃花的披肩
都敲落到地上

/喜欢
谢秋雨　江苏无锡

小猫喜欢
在窗前看白云飘过
看雨滴在窗玻璃上落下
在小窝边晒太阳
在毯子上悠闲地散步

我喜欢
呆坐在一边
看它做着一切

/绿叶果汁
张晗雨　广东佛山

一片片
从枝头冒出来的叶子
是一个个饮料袋
从春天灌到夏天
树等着秋天来喝他的
绿叶果汁

/ 6和9
许原　广东东莞

6和9原本是双胞胎

却被7和8分离

6仰着头问9

怎么可以长长久久

9耷拉着脑袋说

没有什么长长久久

只是一路走来太不顺

好累……

6怎会理解呢

因为它一路顺顺利利

/ 溜冰
姬俪　陕西榆林

冰

摔跤很厉害

遇到我

他一次也没赢过

/ 牙刷
贾芯瑞　重庆巴南

这列车

真是奇怪

没有车站

每天只工作6分钟

早上3分钟

晚上3分钟

运来

白白的

雪花

/ 风
许诗梦　浙江宁波

风躺在小河床上

翻滚

像我们

把小被子

压出一道一道的

褶

游戏
钱厚润　浙江宁波

小个子风

在前面跑

大胖子风

在后面追

一直追到象山港

岸边的大柳树惊叫

龙卷风来啦

渐变色
江鑫豪　江苏无锡

夏天会画画

从初夏

画到盛夏

把我的脸

　我的脖子

　　我的身体

画出

渐变色

橙子的眼泪
成依璐　陕西宝鸡

一半甜

一半酸

难道是

身体还高兴着

脑袋就生气了

那

它的汁液

就是泪水吧

筷子
胡景涵　中国香港

两个兄弟一样长，

我们吃饭它俩忙。

青菜鱼肉真美味，

通通都要尝一尝。

/ 哭
邱雯　四川成都

云很厚
天很低
雨一直不下

曾祖父走了
不会回来地走了

揉揉眼睛
嗯　是下雨了

/ 雨伞是个小马虎
郑悦潼　广东深圳

每当我带它出去玩
它总是忘了跟我回家

有时它落在教室里
有时它落在公园里
有时又落在商场里

妈妈说我是个小马虎
才不是呢
明明是我的雨伞很马虎

/ 礼物
陈凯铭　广东东莞

我要送给你
一罐子清香
里面可以有各种东西
雨后的小花
雾里的秋风
云朵下的
那一缕阳光
树叶上的
那一滴鸟鸣

我要送给你
一罐子清香
里面是
空的
也是满的

当一次孕妈妈
邓阳逸　四川成都

我把气球

吹得很大很大，

藏进我的衣服里，

当一次孕妈妈。

我不能跑得很快，

也不能立马蹲下，

每个动作，

都要保护我的"气球宝宝"。

当了一次孕妈妈，

我才知道，

我的妈妈

有多么伟大！

柳博士的诗
李俊灵　湖北十堰

柳博士的知识最丰富

春天，燕子教它

夏天，知了教它

秋天，蛐蛐教它

柳博士蘸着河水

开始写诗了

长长的诗句

圆圆的诗句

整个冬天

风都在河面上

来来回回地读着

拉链
何思霖　四川成都

飞机为蓝天

缝上一条拉链

可别拉开

不然棉絮会露出来

要是被

调皮的风捡了去

一定会把棉花

丢得满天都是

/ 蚱蜢和花儿
汪子厚　广东深圳

草丛里的蚱蜢叫了几声

想让花儿和它一起玩

蚱蜢对着花儿叫了几声

花儿轻轻地说："我听不懂。"

蚱蜢又叫了几声

花儿说："我还是听不懂。"

蚱蜢一直在叫

花儿一直在摇头

这种日子

怎么办

/ 青蛙吃饭
贺芷菡　广东深圳

青蛙在荷叶饭馆里

等着微风服务员

给它送

清蒸小虫子

/ 丛林
罗睿　广东深圳

丛林是荷塘的妈妈

不管什么时候

丛林都把荷塘

抱得紧紧的

/ 1
江沐雨　广东东莞

我不喜欢1

因为1代表了孤独

1很厉害

跑步最快

学习最好

不管做什么

它都是最领先的那个

可能王者

就是孤独吧

/ 胖胖的北风
袁鹿栖　浙江宁波

爱美的北风

每天打开

腊梅树衣柜

一条一条

试穿腊梅花裙

这条透透的

那条香香的

……

一直到

呼呼喘粗气

哎，不行不行

我要减肥

/ 爸爸是一座桥
袁畅　江苏扬州

我和姐姐赌气

谁也不理谁

一手牵着我

一手牵着姐姐

爸爸带我们去吃冷饮

我吃着小布丁

姐姐吃着可爱多

我笑了　姐姐也笑了

爸爸是一座桥

一头是温暖

一头是甜蜜

/ 暑假和寒假
刘心瑜　浙江宁波

暑假是漫长的，

寒假是简短的，

难道，

这是因为

热胀冷缩吗？

/诗界/

马来西亚童诗专稿

/宝贝（外一首）
刘雅琳

小蚂蚁
把地上一粒粒的米饭
搬回洞里

小鸟儿
把一片片的枯叶
搬回巢里

我
把奶奶说过的话
搬进日记本里

别人不要的
我们都当宝贝收好了

打开鸡蛋

妈妈要做鸡蛋羹
叫我在碗里打三个蛋
我轻轻地在碗边敲了敲
不敢太用力
担心
掉出来的是
还未成形的
小鸡

/莲蓬和莲蓬头
刘育龙

如果有一天
池塘里的莲蓬
跟浴室里的莲蓬头
能够交换本领
那该是多好玩的事——
莲蓬头像机关枪
噼噼啪啪地喷出莲子

/ 诗界 /

正要冲凉的爸爸
被莲子打得哇哇叫
妈妈可开心了
急忙拿起勺子
捡拾满地的莲子

莲蓬仰起头
喷出一道长长的水柱
池塘里的青蛙和癞蛤蟆
还有蜻蜓和小鸟
欢欢喜喜地沐浴了
一顿难得的清凉
最近的天气
实在太热了

/ 扮猫扮狗喝水
胡友平

我喝水
咕噜　咕噜　咕噜
猫喝水
一舔　一舔　一舔
狗喝水
一舔　一舔　一舔

扮猫
扮狗
喝水
腰酸背痛啊
嘴还是干的
什么时候
才能把
半碟水
舔干

/ 风声
张煦弘（学生）

风真顽皮
一直"呼呼"地大力推门
想进房来
偷看我的画
门发出"吱吱"声
告诉他不可以、不可以
我有点想风
便把门打开
风抢了我的画却哭了：
"呜……呜……
你为什么没画我？"

51

/诗社/

浙江省宁海县力洋镇中心小学
子布童诗社

/站岗
陈孝佑

一朵花

为太阳站岗

直直地站着

一直到

太阳落山

才肯休息

/鸟鸣
葛晓雅

一粒鸟鸣

掉了下来

一颗露珠

掉了下来

露珠紧紧包裹着鸟鸣

送给早起的人

/蜜蜂医生
叶欣怡

菊花们排着队

等着做检测

蜜蜂医生带着绒毛棉签

那么多的花

这几个医生

真忙不过来

/蒙蒙细雨（外一首）
赵若茗

夏天
蚊子好多
荷塘
拉上了
蚊帐

春天的滋味

哦
春天的滋味是沉重的
不信你看
我身上全是花儿和种子
压得我喘不过气来
——花园说

/晚霞
储锡乐

我吃着热乎乎的红薯
阳光也想吃
就把整片天空
涂成了红薯的颜色

/阳光雨
陈贝绮

花朵很喜欢阳光雨
淋了一次
再淋一次
她发现自己变得
越来越香

/孤独
徐航

孤独是一把梯子
它躲在角落里
自言自语

福建省泉州市温陵书院
小树林童诗社

/ 蓝白粉
王忻湉

我发现
最近特别流行
蓝、白、粉

书包是这颜色
衣服是这颜色
鞋子是这颜色

弟弟那漂亮、天真的心
也是这颜色

/ 天空上的农夫
曾煜轩

太阳是一位
专门养殖白云的农夫

他经常把他的白云
放出来游牧

下雨时
那是他在挤奶

/水妈妈的孩子（外一首）

李诺桐

爸爸泡茶
我爱帮他烧水
看水妈妈
生孩子

一个接一个的
泡泡宝宝
来到这个世界

它们的第一声啼哭
很害羞
咕噜
咕噜

歪歪扭扭的字

我写作业时
太使劲了
每个字都很疼

所以，一个个
龇牙咧嘴的

/爬山
吴翰弘

清晨，我们一家
去爬山

才刚刚爬到半山腰
我额头上的汗珠
却要下山了

/月光
马从骞

虽然风不大
但是月光
被刮得遍地都是

其中一片
卡在湖边的枯树上

湖北省十堰市鹿鸣童诗空间
武当少年童诗社

/叶子
胡炜奇

山野上有许多
巨齿一样的叶子
像锋利的锯子
大风刮过
被锯成了
细细的微风

/阳光
刘妙颜

阳光在树梢上
跳来跳去

光斑是他的孩子吧
趴在地上
爬来爬去

/歪脖子树
周怡辰

那么多树
挤在一起
那棵树啊
歪着身子
寻找阳光

多少年过去了
树长成这丑丑的模样
谁能听到
他在阳光下的笑声

/向日葵
熊子铭

向日葵是有想法的
连自己的脸
也长得圆圆

圆圆的它
也像太阳一样
照得我暖暖

/青苔
薛铭扬

岩石年纪大了
皮肤皱皱的

青苔一点一点
包裹了它的全身
那是在做美容呢

/蔷薇开啦
李佳怡

一点一点的黄
一点一点的粉
一点一点的红

蔷薇一步一步
在墙上爬

一片一片的黄
一丛一丛的粉
一簇一簇的红

/荷塘
尤晨曦

荷花开了
一朵一朵
那么多的火焰

夏天就是这样
被烧热的

广东省深圳市光明区公明二小
小蜜蜂童诗社

/月亮的味道
赵恬瑞

动物们都想尝尝月亮的味道。

星星告诉它们，
月亮的味道，
甜甜的。

小河里，
小鱼尝了尝，
月亮的味道，
淡淡的。

大海里，
小鱼尝了尝，
月亮的味道，
明明是咸的呀！

/彼岸花
马钰博

山林里

红红的彼岸花

站在那里　一朵朵

美丽的彼岸花

散发出

淡淡的清香　一丝丝

山里边的秋天

一天天都是

淡淡的香

/长途旅行
尹泓艺

小水珠从天而降，
这趟旅行可把他们累坏了。
他们落在荷叶上，
还在睡梦中，
太阳公公
已经派列车
去接他们了。

/会逛街的风
陈奕卓

风
去逛街
拿叶子当钱

走过一条条大街
它说
我在买快乐呢

/风儿摇摇船
席子航

风儿
是一艘摇摇船

树叶来坐
风筝来坐
纸飞机来坐

衣服不甘落后
排着队
轮流坐

/狗尾巴草
陈钇茜

狗尾巴草躺在地上。
我问：
"嘿！你在干什么？"
它说：
"没干什么，
我只是在忍受被踩的时光。"
我猛地一惊，
赶紧提起
在它头上的脚。

/ 诗教 /

他用诗句，擦亮自己的星空
余平辉　湖南长沙

01. 一个拥有梦想的泡泡

泡泡想飞得高点儿

嘭

它被风吹破了

泡泡想飞得远点儿

嘭

它被石头扎破了

但是泡泡每一次被吹出来

都是为了飞高、飞远啊

这是小罗同学写的一首诗，题目是《泡泡的梦想》。

那一天，我们刚上完一堂泡泡主题诗歌课，课堂上，我带着孩子们出去吹泡泡，玩了整整一节课。回到教室，孩子们提笔，写下一首首泡泡诗。每一个诗句，都仿佛一个彩色的泡泡，在教室纷飞着，嬉闹着。

小罗也写了一首。他来到讲台，怯怯地将他写的诗，交给我看。我费了一些力气，才从那一堆凌乱的笔画中，将这首诗辨认出来。他默默地站在旁边，等我读完。

"写得特别好！"我对他说。他看了看我，露出羞涩一笑，便下去了。

孩子们的诗，陆续交齐了，我带着大家的泡泡诗，回到了办公室。

坐在办公桌前，我又从头到尾，把这些诗翻阅了一遍。读到小罗的这一首《泡泡的梦想》时，我停留了很久。

这一个泡泡，很脆弱啊。刚刚飞出去，便被风吹破了，稍微飞远点儿，就被什么东西扎破了。有时，它甚至都没有起飞的机会，在泡泡管的出口处，就碎裂了。

这一个泡泡，很坚强啊。失败了那么多次，依然选择回到起点，重新出发，一而再，再而三，三而四……不退缩，不回避。

什么是英雄？这就是英雄。在心里种下一个梦想，鼓起勇气，不断去试错，不断去碰壁，不断地，一次比一次，飞得高那么一点点，远那么一点点。是的，哪怕，只有一点点。

只是，我没有想到，这样一首诗，会出自他之手。

02. 他的星星，在生锈

犹记得，刚入一年级的小罗，在班上不大说话。他的口音很重，口齿不大清晰。一句话说出来，大家很难听懂他说了什么。只能让他再说一遍，又说一遍，有时说了好几遍，还是没明白他的意思。于是，他更加不愿意开口了，在班上变得越来越沉默。

一年级上学期的汉语拼音，就像一座山，横亘在他的面前。为了帮他顺利爬上这座"山"，我有时会找时间单独辅导他。可是，他的发音实在过于奇怪，纠正了无数遍，都没有起到作用。

我很崩溃，他眼里的光，也逐渐暗淡下去。

拼音学习阶段，就那么稀里糊涂地过去了。一年级，也那么稀里糊涂地过去了。

小罗在班上的存在感越来越低。当然，一种情况例外——每天的作业缺交名单里面，总会有他的名字。在这份名单里，他强烈且顽固地存在着。

我找他谈话。他站在我面前，不说话。

"你为什么不写作业？"我问他。

"……"

"问你呢，为什么不写？"我提高了音量。

"……"

我有些气急败坏了："抄写几个生字而已，你也不会吗？还是懒得写？"

他的嘴巴动了动，还是没有说话。

我找他家长沟通。

"老师，他跟我们说，不喜欢上学，不想去上学了。我也不好逼迫他。"家长的语气中，尽显无奈。

课堂作业，倒是不敢不写。可是，一篇小字写下来，你很难从中找到几个正确的字。每一个字的笔画，似乎都有着各自的想法。同一个字写三遍，第一遍，有一笔横被弄丢了，好不容易把那笔横找回来，第二遍写，某一笔竖却不见了，费劲将这一笔竖找回来，接下来，绝对又会有哪个笔画在他的笔端无故失踪。

每次批阅他的作业，我都感到阵阵头疼。这样的小罗，学业考评成绩，自然不会好。小罗，我该拿你怎么办？

如果说每个孩子的头顶，都有一片星空的话，有些孩子的星空，是璀璨耀眼的，而他的星空，你只能感受到，那一颗一颗星星，在一点一点生出锈迹。

谁能帮他，把他的星星擦亮？

03.大海，比你想到的，更辽远

忘了是哪一天，哪一次诗歌课，小罗写了一首诗。

> 一望无际的大海
> 你看
> 它在水天相接的地方就没了
> 其实它比你想到的，看到的都要远
> ——《大海》

这首诗，让我突然看到了一个不一样的小罗。原来，在他缄默的外壳下，跳动着一颗独特的诗心。而我，居然迟迟没有发现。

那一天，我特别欣喜，当众将这首诗读了出来。同学们给小罗送去了热烈的掌声。他的身上，第一次被投入这么多关注的目光吧。他依然很羞涩，脸上浮现了久违的笑容。

语文课上，他开始愿意举手，发表自己的想法了。他的声音依然不大，吐词依然不大清晰，但，我，同学们，都会耐心地、安静地听他说完。

此时的我，就像是一个"捕猎人"，从他的话语中，捕捉那些灵动的、富有诗意的表达，再转述给所有人听。

他获得的掌声越来越多了。不知道从什么时候开始，作业缺交名单里面，再无他的名字。有一回，期末测试，他的考核结果达优了。看到他成绩的瞬间，我的眼泪"哗"的一下涌了出来，赶紧给他家长发了一条报喜信息。

大海，自是辽阔，而它远比你想到的，还要辽远。孩子不也是如此吗？当他从另一个角度，看到自己的可能性以后，他的世界也会变得辽阔起来。

小罗用诗句,将自己的星空,慢慢擦亮。

04.我想坐着看星星

六一儿童节这天,小罗在他的诗歌本里,写了这样一首诗。

玩了一天

也累了

我想

我可能只会坐着看星星

还是离不开天上的水母

游在水里的阳光

星星好像也暗了许多

——《六一》

由于一些客观原因,小罗的学习依然存在问题。一夜之间,便彻底逆袭的故事,在常人的身上,很难发生。可是,你看,在这首诗中,他可以很坦然地说出,"我想,我可能只会坐着看星星"。

当所有人都在热闹地说,热闹地玩,热闹地奔跑时,他坐在一边看星星,不会因自己与别人不同,而心生自卑。这就是强大起来的证明啊。

小罗还默默地写了别的诗歌。读他的诗句,我发现,他尤为关注那些平凡的事物。

比如,这一首——

一朵不起眼的小蓝花

没有树高

没有其他花美

/ 诗教 /

　　它们一朵朵

　　像小草一样

　　漫山遍野地开着

　　现在

　　无数朵小蓝花

　　比一棵树更大，比其他花更美

　　　　——《小蓝花》

这首诗，写于一次春天诗歌课上。那时，教室外的樱花开得正好，我带着孩子们去欣赏这几棵花树，其间，为它们写诗。小罗满腔的深情，送给了樱花树下，开着的小小野花。

他还关注发烂的果子——

　　一阵风，

　　把树上的果子都吹红了

　　它们被人们摘下

　　有的掉下来

　　在地上发烂

　　可果子并没有感到沮丧

　　因为

　　它们会被作为肥料

　　重新回到大树身上

　　　　——《果子》

还有爬累了的小虫子——

　　一只小虫子

65

累了

钻到花枝内躲一躲

地方太小

爬呀爬

爬到花苞里

小花被阳光唤醒

小虫子有点不想动

睡成了花芯

——《小花》

小蓝花，小果子，小虫子，这些不起眼的小事物，在常人看来，没有多少美感的东西，被小罗写出了不一样的感觉。

在我看来，小蓝花们，就是小罗自己。它们，他，都是小小的，但，如果你细细去打量，能发现一种蓬勃的生命力。

就如小罗自己所说的，每一个泡泡，都有飞高飞远的梦想。

不论是谁的梦想，不论是什么梦想，都值得被看见，被祝福。

05. 写满成长故事的地方

前段时间，我在班上开展了一个小活动，为世界万物重新命名。命名的方式，取决于自己的思考方式。

小罗同学也写了几句：

什么是纸？

树干的心；

什么是花？

土地喝饱水后的心情；

什么是教学楼？

写满了成长故事的地方。

这四年来，小罗的成长故事，不是那么顺畅。不过，我非常愿意相信，作为故事的书写者，小罗一定会创作出属于自己的精彩。

我乐意当好他的读者，好好阅读、赏析这篇长长的故事。

去年期末评语，我给他写下了这样一段话：

"'总有一天/泥土会变成石头/如果你好好学习/总有一天/你也会变成你想要的样子'。这是你写给别人的寄语，其实，这句话也特别适合你。这个学期，眼看着你越来越有进步，字词的正确率越来越高，计算的正确率也越来越高，你的眼中开始有了光芒。所以，正如你所说，保持热爱，总有一天，你也会成为你想要的样子。"

祝福小罗。

/ 诗论 /

时而园丁，时而花朵
——丁云《天上的和地上的》赏读

童子　北京

每个孩子心里都有一座花园。这座花园有大有小，有方形的，有圆形的，还有六边形的，九边形的。这座花园有的四季如春，有的四季分明。这座花园里天气多变，有晴有雨，有云朵彩虹和月亮星星，对了，还有雪花和小冰雹。这座花园里猛兽很少，昆虫很多，刺猬、松鼠和蜗牛跑来跑去，走来走去，爬来爬去，金龟子、蝴蝶和蚂蚱跳来跳去，飞来飞去，想来想去。还有蘑菇们探出头，瞧来瞧去。

当然了，一个花园里，最最重要的就是花儿了呀！所以，这座花园里种了各种各样的花儿，草丛中的花儿，大树上的花儿，都一样开得热热烈烈，欢欢喜喜。只要你不小心跑进去，你就会忍不住赞叹：多么漂亮的花园呀！

你得在乎每一个孩子，走进他们的内心——你得一座座花园看过去，才能看得全所有的这些，才能意识到，是呀，真的！每个孩子心里都有一座花园。而他们自己，有时就是花园里的一朵花儿。

/诗论/

现在，我就走进这样一座花园，一个大孩子用一首首芬芳的诗歌，为自己修建的一座大大的花园。她的花园里，果真有那么多我没见过的、我没发现的，甚至从来没想到的事物和事情呀！我看见——有个八只脚的蜘蛛，每只脚突然都有了自己的想法，于是它"脚"忙"脚"乱，啥都干不了，哪儿也去不成；我看见，这个大孩子在花园里偷偷养了七只小猫，她睡觉的时候，就让它们在房间里打滚儿；我看见花园的小河里，有一群小鱼儿，吃掉了水面上的云朵大象，云朵狮子，云朵小狗，但是仍然没有吃饱，于是我自己又忍不住给它们送上了云朵河马、云朵鲸、云朵森林……它们现在还在那条小河里吃个不停呢。

这个大孩子，真的很会打理自己的花园呀！她让金龟子放心地在草地上跳蹦床，但是又担心它压坏了小草，就在一旁随时提醒它；她为迷路的蚂蚁出主意，好让它能顺利地回家；她还在雨中陪蜗牛一起散步，直到妈妈喊她的声音远远传来……她把爱意平均分配给自己花园里的每一个生命，从每一朵花到每一片花瓣，从每一棵树到每一片树叶，从每一片云到每一滴雨，到每一粒被雨水打湿的沙子，从每一只蝴蝶到蝴蝶的每一根触角、每一条腿，从每一条腿到每一个小小的足印——不管它们是大还是小，不管它们看得见看不见，她通通给予诚挚的关心，热烈的赞美，和平等的照料。

如果新颖的角度、别致的念头和奇思妙想，构建起了这座诗歌花园的内容的话，那么富于变化的句式、动人的韵律和优美的节奏，就塑造了这座花园令人赏心悦目的形式美。花园和森林、草地不同呀，经过打理和修剪养护之后，一座花园就显出精心照料的样子，展现出花园主人的风格喜好。是的，这个大孩子喜欢用简短的句子，像孩子的表达那样说话——就是让自己重返童真，回到一个六七岁的孩子那时，所能说出来的最直接的语言。

"妈妈说/没事的/没事的/春风一吹/花儿们都会/回到自己的家"，重复的"没事的"，是妈妈的口头禅吗？更像是妈妈急忙安慰孩子时习惯性的反复强

调，让孩子安心下来，不再担心花朵们的事情。"天上总有东西往下掉/比如雨啊，露啊/还有会飞的小雪花啊"，这样的事情你和我也知道呀，但是这个大孩子最后告诉我们说，"只有羽毛啊/只要有翅膀/就会不停地向上/飞呀飞呀//他们说/这就叫希望"，我们的感觉，也好像变成一片羽毛，突然附着在一扇有力的翅膀上，振动着高处的气流，向上攀升。在《天上的和地上的》这朵花儿里面，互相对照的表达，互相对立的形象，最终被诗意完整地统一在一起，变成了激荡在花园里的一阵风，也让这朵花儿更加摇曳多姿。

体察、关注到从大到小的每一种事物，每一次动静，每一个瞬间，是这个大孩子最爱做的事情吧。这么多年来，以儿童诗教为己任的大孩子丁云，在春风化雨、滋养无数孩子童年的同时，也催化了自己创作上更多的可能。她不仅是孩子们喜爱的园丁，为世界增添一座座美丽的心灵花园；她也是自己的诗歌花园里的园丁，她努力打造这样一座诗歌花园，倾注自己的热爱，同时也让自己回归童心，回归诗意，变成这座花园里一朵静悄悄地站在那里的花儿，等着走进花园里的你来发现。

当这个四月的清晨我站在窗前，再次把这些诗篇读完一遍，一阵小小的风醒来了，小口小口地吹了一会儿，接着更大的风醒来了，吹得叶子想要飞起来，世界全都醒了，歌声响起来了，云朵亮起来了，星星满足的叹息慢慢隐没在空中，一只雏鸟刚刚睁开它的眼睛。我发现，自己正站在天和地之间一座无比巨大的花园里，这是我们每个人的心灵休憩的地方，也是无数诗意正在生发的地方。

/诗论/

寻找一首属于你的诗

丁云　江苏扬州

多年以来，我一直和小朋友们一道寻找童诗，发现童诗，一起探寻童诗的秘密，一起感受童诗的美妙。那什么是儿童诗呢？在我看来，儿童诗就是适合孩子读的诗，可以是大人写的，也可以是小孩子自己写的诗。儿童诗，有着诗的基本特质：纯净的语言、跳跃的节奏、美好的情感、丰富的意向、耐人寻味的思考……儿童诗的阅读对象是儿童，因此，它的语言清浅，内容生动，情感向上，能给儿童带来美好的阅读体验和情感润泽。

诗住在哪里？

你若留心，万事万物都可以写成诗。

我喜欢仰望天空，跟天上的每一个精灵打招呼。清晨，天边的云彩不断地变幻着色彩，紫色、红色、黄色……最后呢，还是变成了大朵大朵的白。于是，我就会觉得那是爱美的云姑娘出门了，换了一件又一件外衣，最后还是穿了一件白纱裙出门了。这样，我就写了《试衣服》。到了晚上，浓浓的夜色把整个空间填满，你看星星一颗一颗蹦出来，钉在了夜空中。我看着他们，他们也看着我，调皮地眨着眼睛，我就想，这些星星会跳下来，落在大地上吗？他们又会

在哪里停留，在哪里嬉戏呢？于是我就写下了《星星一颗一颗落下来》这首诗。

我喜欢蹲下身子，和大地上每一个居民打招呼。低头，看一只慢吞吞的蜗牛怎么在雨中散步；看那只蜘蛛待在自己的网上，哪里也去不了；目送着一只猫消失在路的尽头；看一群野鸭在池塘里自由自在地扎个猛子，随后在不远处露出湿漉漉的脑袋，潇洒地甩两下，又快活地游来游去；跟着一只蝴蝶在花间迷离；看着树木在风中摇摇摆摆，听雨点在屋檐下滴滴答答说着自己的故事……我都会把他们一一安放在自己的诗里。

我喜欢细细打量自己的生活，打量孩子的生活，想想自己怎样和童年对话，让那个长不大的自己时不时冒出来，对这个被大人主宰的世界表达自己的想法。不想起床的时候，我就会觉得《床有引力》；不想做功课的时候，我就用一连串的"如果"编织自己的情绪；睡不着的时候，我会想象着有《八只小猫》在房间里陪着我……我会发现大人的世界和小孩的世界的不一样，我会用手中的笔为每一个孩子代言，说出他们的向往和希望。

我还喜欢想点好玩的事情，常常傻傻地看着风、看着雨、看着这个世界。用想象和思考重新建构世间的一切：河里会游来一头大象吗？空空的大地上真的是空空的吗？春天的花朵怎么找到回家的路？奔跑的时候、荡秋千的时候、发呆的时候，也许就是诗来找你的时候。

原来，诗就在身边，它住在天上、地上，住在生活中、思考里和无边无际的想象里……只要你一个转身，一个凝眸，诗就会来找你。

怎么写出一首诗？

写诗，首先要有创意。诗歌作品，一定要有独特有个性的想法、要有与众不同的地方、要有让人眼睛一亮的角度。当有一个有趣的、新鲜的、好玩的想法在我脑海中一闪而过的时候，我会即刻把它记录下来，然后再慢慢琢磨、润色，让一首诗有自己独特的气味，有自己特别的面孔。

每次下课铃声一响，小朋友都会从座位上弹起来，往教室外面奔去；可是，上课铃声一响，小朋友们很不情愿地回到教室。看到这个场景，我就想，一下课，小朋友们就像子弹发射了出去。可是，上课铃响的时候，这些出了弹腔的子弹，却怎么也不愿回头了。有了这样一个有趣的想法，我就写下了这样一首诗：

下课铃一响/快乐的罐子打开了/我们像快乐的子弹/射了出去//上课铃声响了/快乐的罐子关上了/可是总也关不紧/总有几颗子弹/迷失了方向/过了好一会儿/才气喘吁吁/跑回到自己的弹腔

诗一定是有感而发，而不是无病呻吟。一定是什么场景打动了你，让你不得不说、不得不写，这样，你表达的情感才是最真挚，也是最动人的。

有一天，我坐在秋千上，摇着晃着，越荡越高、越荡越高，然后慢慢地、慢慢地又荡回原处。这种越飞越高的感觉真不错，我可以飞过大树，飞过屋顶，快要飞到山顶上面了。在不断飞翔的过程中，我已经不再是我，那我成了什么了呢？一片叶子、一只小鸟、一片云彩……我就把自己的想法写在了诗行里。

我是一片叶子/飞过大树//我是一只小鸟/飞过屋顶//我是一片云彩/飞过高山//风停了/我又成了一个小女孩/坐在空荡荡的秋千上

——《荡秋千》

雨后，小蘑菇冒了出来，大树下、屋檐下、草丛里、花园里……到处都是。小小的蘑菇，总是让我着迷，我会静静地看着他们，和他们对话，和他们交流。像这样的对话就出现在了诗里。

"你们从哪里来？""我们从天上来。我们曾经是天上的云。"

草地上冒出/小小的白蘑菇//小蚂蚁一抬头/看看蓝蓝的天说//"雨点儿把/白云送到/地上来玩了！"

——《雨后》

"哎呀呀，怎么到处都有你们？""虽然我们只有一条腿，可是我们很自由，想去哪里就去哪里！"

想到树下/就躲到树下//想到草里/就藏在草里//想去闻闻花香/就跑去花园//雨后蘑菇/想去哪里就去哪里/只有一条腿的蘑菇/从来不会左右为难

——《自由》

"你们脸色发白，是不是有点儿紧张？""嗯，是的，我们好怕就像隔壁的竹笋一样，被人带走啊！我们希望自己快点长大，不过，长大好像也有点不太安全哦！"

雨中/一簇小蘑菇/推推挤挤地/撑起了一把把小伞//小小的笋芽/冒出了尖尖的脑袋/张望着春天的树林//远远地/传来一阵脚步声/是来摘蘑菇吗？/是来挖笋子吗？//长大/多么快乐的事/可好像又有点……危险

——《为难》

很多时候，当我们慢下脚步，看向这个世界，或者面对我们自己，展开一个有趣的想象，描绘一个生动的场景，开启一次深度的思考，你就会抓住诗歌。转瞬即逝的灵感之鸟，就会栖息在你的笔尖，停驻在你的心里。

如何修改一首诗？

"文章不怕千遍改"，写诗的时候，我会反复琢磨、细细推敲。我常常问自己："这首诗的想法可不可以再新奇一点？诗歌的语言能不能再简洁一点？诗味能不能再浓烈一点？"

诗歌是语言的艺术，对文字的要求更严格。在修改诗歌的时候，我常常会用减法，删去多余的字词，删去重复的话语，让语言的枝干更挺拔、更清晰，充分展现诗歌语言的张力和魅力。

下雨的时候，我撑着一把小伞，我觉得我的小伞就是一朵花，不过，雨停了，花就谢了。于是我的脑子里就冒出了这样的句子："下雨了，我的伞开花了；雨停了，我的伞花谢了。"这样的句子，只是记录了我的突然冒出的想法，该如何修改呢？

"雨来了/花开了/雨停了/花谢了"。改完之后，我觉得这首诗好像没有写完，还应该再来写一写伞花的与众不同之处，那就是花期和别的花不一样，我该如何修改呢？反复琢磨之后，脑子里突然蹦出这样一个想法："花期，是由雨量决定的，所以，那就是只有天知道。"我的这首诗就有了第二节："我的小花伞/什么时候开/什么时候谢/只有天知道"。然后再给这首诗重新命名，叫做《花期》。

修改诗歌的时候，我也会细细琢磨："这首诗打动我了吗？这首诗有自己独特的思考吗？"诗歌是情感的产物，也是智慧的结晶，在一次一次语言文字的磨砺之下，力求让每一个文字都能熠熠生辉，光彩夺目。

我也喜欢大声朗读自己的诗歌，看看是不是很通畅，很自然。童诗和古诗不一样，不要求押韵。但是，童诗也有着独特的韵律美，对语言、节奏的要求很高，每一首诗都应该有着自己的节奏，自己的节拍，而这一切，我们都可以通过朗读诗歌，修改一些语序、文字等等，让自己的诗更有韵律，更有节奏，更加动人。

大自然中有许多秘密等我们去发现，生活中有很多画面让我们感动，成长过程中有很多问题让我们去思考。我们可以做一个观察者、阅读者、思考者，在天地之间、在万物之中、大千世界里，找最让你心动的场景，最让你感动的瞬间，记录下你的发现、你的感动、你的思考，然后细细琢磨，用心修改，找到属于自己的那首诗。

图书在版编目(CIP)数据

华文童诗. 001 / 雪野主编. -- 重庆 : 重庆出版社, 2024. 8. -- ISBN 978-7-229-19016-3

Ⅰ. I18

中国国家版本馆CIP数据核字第2024CN7176号

华文童诗.001
HUAWEN TONGSHI.001
雪　野　主编

责任编辑：杨秀英　周北川
责任校对：刘　刚
装帧设计：旸　谷
书名题字：石　开

重庆出版集团　出版
重庆出版社

重庆市南岸区南滨路162号1幢　邮政编码：400061　http://www.cqph.com
重庆诚迈文化传媒有限责任公司制版
重庆市国丰印务有限责任公司印刷
重庆出版集团图书发行有限公司发行
E-MAIL:fxchu@cqph.com　邮购电话：023-61520417
全国新华书店经销

开本：710mm×1000mm　1/16　印张：5　字数：80千
2024年8月第1版　2024年8月第1次印刷
ISBN 978-7-229-19016-3
定价：30.00元

如有印装质量问题，请向本集团图书发行有限公司调换：023-61520417

版权所有　侵权必究